"Expresiones Veladas"
Poemas

"Expresiones Veladas"

Poemas

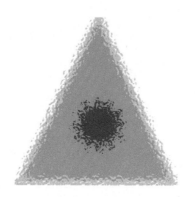

RiTa o

"Expresiones Veladas"

Poemas

PREFACIO

Y por aquellos días, en medio del caos inminente de los oscuros recovecos de mi propia nadidad, logré atraer a mi vida la cálida magia de una persona con el cual habíamos sido marido y mujer en una Dinastía Egipcia, de una de mis tantas vidas pasadas.

El momento en que mi propio recuerdo resurja de entre sus propias cenizas ocultado por el tiempo, había llegado. Mi alma vino a rescatarme a través de sus ingeniosos caminos, cual gema preciosa otorgada como premio de su propio esfuerzo en esta vida.

La soledad que constantemente acompañaba mis días se alejaba para no volver a mi encuentro, y sin sentir su compañía el resplandor del sol inundaba los días de mi vida.

Habían llegado períodos de amor y alegría, de cambios, de fe y esperanzas, ganas de vivir y también períodos de muerte y resurrección.

Cupido abrió las puertas del amor, amor que encendió el motor impulsante de mis "Expresiones Veladas" y en tinta y papel quedaron plasmadas las innúmeras palabras que contienen las más sublimes añoranzas, que colmaron mis profundos sentires y unieron universos infinitos, entre Seres de todas las especies dentro mío. La naturaleza danzante e inquieta de ansias, renovaba a cada instante el arte de la belleza que fecundaba la armonía de mi vida.

El alma siempre rescata a su humana persona, cuando no hay modos que ayuden a ver la luz del día, por eso os invito a escrudiñar en el fondo de cada latido de vuestros corazones, la causa de sus pensamientos, sentimientos y actos, para poder realizar una fina selección de vuestros valores, los cuales, propongo acrecentar de manera natural y espontánea, generando nuevas situaciones en el diario vivir y por ende, en vuestras vidas, para poder experimentar de manera real y de instante en instante la pulcritud de los "estados reales" que conforman los Valores de las Almas.

Dedicado a los Seres inmensurables que hicieron posible su contribución conscientiva para la inspiración que quedó plasmada en el contenido de estas "Expresiones Veladas", y para quienes logren interpretarlas con su sublime Esencia, mis más cálidos afectos y deseos de cultivar el amor, la esperanza, la fe y la alegría de la vida en vuestros dichosos corazones.

Porque debemos saber y comprender, que cuando lo único que nos queda es la fe y la esperanza, todavía es mucho lo que poseemos, pues son las semillas que contienen atributos del alma y que deben germinar en amor, para contemplar con alegría y vivenciar la Felicidad de nuestros días.

Y me pregunto ¿puede una persona auto develar su propio inconsciente?, si no existiesen tantas teorías o creencias, el único medio seria la "expresión" de nuestro propio mundo interior hacia el mudo exterior.

Las diferentes teorías en las que he incursionado, me han llevado a la conclusión de que todas las ciencias son inherentes al hombre y están dentro del hombre, y de allí es de donde se extrae La Verdad. La cuestión es: ¿cómo llegar a nuestro propio mundo interior?, en éste, mi caso, los poemas se han vuelto mis "Expresiones Develadas".

La Autora

"Expresiones Veladas"
Poemas

"La Vida es un Misterio,

que a Nosotros,

nos toca Descubrir"

"Expresiones Veladas"
Poemas

EXPRESIONES VELADAS

Los destellos de las estrellas
que palpitan en el cielo,
son el espejo reflejo
de los valores de tu alma.

Y los innúmeros planetas
que pueblan la faz del infinito,
son los que demuestran
la fortaleza de tu aura.

Los cánticos de las sinfonías de la naturaleza
rasgan el velo de sus misterios,
para enseñarte la mágica
transmutación de las esferas.

Crísticos refucilos de alegría resplandecen en tu mirada,
y las sombras abrumadas de la amarga maraña
se desvanecen ante la esencia
de tu infaltable consciencia.

Finalmente, me entrego a tu presencia,
para rendir culto a las luces divinales
que encarnarán nuestros cuerpos
al beber el néctar de la inmortal felicidad.

SIN TÍTULO

Inspiración de Dioses
que llega hasta mí,
renovando mi Ser incierto
en este único momento.

Purificas y entrelazas los amoríos
de nuestras almas,
y abrazas las incógnitas memorias
de nuestras vidas ya dadas.

Refusilan las pupilas
de tus profundos silencios
que alimentan con destellos
mi corazón al descubierto.

Y las noches de otras horas
vienen a trascender la causa, y sin demora,
los momentos en que presenciasteis
el presente instante de este viaje.

HOY I

Mis ojos se deslizan por entre
las líneas de tus sentimientos
y las miradas se entrelazan
ante las sonoras montañas del alba.

Halcones de alto vuelo
guían tu incipiente camino,
para que al imitar su destino
vuelvas de nuevo con ellos
a conquistar sus sonidos.

El inspirador me alienta,
y tú, tan lejano te acercas,
para encarnar los laberintos
despiertas la intuición que nos cuesta.

Ya somos ego…
y al darnos cuenta nos desvanecemos,
y surge así lo esencial
de la verdadera realidad.

DE TI DEPENDE... ¡OH! LUCHADOR

El futuro no existe, es incierto,
antes de descubrir las reconditeces de nuestro Ser
navegamos en un mar de laberintos entremezclados.

Y confundidos por los diversos
caminos de las formas
perdemos la esencia.

Ay de ti ¡oh esencia!
que dependes de nosotros para expresarte,
debería haber otro modo para cooperar
en la manifestación de tu consciencia.

¡Pero no! ¡Sólo de ti depende!
pequeño adepto principiante,
o quizás, maestro oculto de la sabiduría ocultista,
que recapitulas de otras auroras existenciales.

Sólo de ti depende...
no insistas escapar de los desideratos de la luz,
que con creces cada día golpea a tu corazón.

Abre la puerta de lo inefable a lo sublime,
a lo que hoy no existe, a lo que es incierto,
en otras palabras... al futuro... que tanto insiste.

PERDÓNAME

Perdóname por querer descubrir el cielo
desde el centro de mi burbuja
transparente y violeta.

Nadie puede ingresar
a la invisible y plasmática
circular esfera.

Pocos pudieron penetrar en ella,
porque al saberla abierta
desistieron de hacerlo.

Nadie puede aguantar la pureza
que hay en el espacio que contiene la esencia
que los conduce hasta su Ser.

Asusta la imponente presencia
de la inmensurada majestad
de su Altísimo.

Si tú la resistes entrarás al camino correcto
y por ende debes transitar para llegar a la meta…
que es Dios.

VOCACIÓN

En estos momentos de soledad
me encuentro conmigo misma
y reconozco mi desierto interior.

Emblanquecida por la radiante luz
que emana de mi recóndito espacio profundo,
puedo descubrir lo tan lejano y oculto
que se ha convertido en enigma desde que mi razón
comenzó a hacerse presente en mí en esta existencia.

Lo más profundo es la armonía,
luego desciende a su vibración,
haciéndose presente en este plano planetario,
en donde lo palpable es lo más tangible,
a lo que llaman realidad.

Aunque la realidad misma
no se conoce por su densidad
sino por su incierta efimeridad.

Plasmándose en este eterno presente
se encuentra mi más anhelado enigma,
cual gris tormento
intentó envolverme en el tiempo,
pero Él, sólo Él pudo evitar lo posible.

Seamos sólo uno
y así lo real
se convertirá en realidad.

UNA VEZ MÁS

*Tantas palabras…
tantos esfuerzos…
tantos hechos…
y todo para que una vez más
volvamos a comenzar.*

*Sólo nos queda la experiencia
que se convierte en sabiduría,
nuestra nueva compañera
en el largo viaje.*

*Los esfuerzos quedan plasmados
en un lugar que nadie ve,
pero allí permanecen…
el pasado marca nuestro presente
y el presente el futuro.*

*Hoy comenzamos de nuevo…
una vez más el destino es nuestro
y todo avanza…
la naturaleza nos lo enseña,
aprehendamos de ella.*

*Copiemos su esencia,
ella nos guiará
hacia la luz nuevamente,
cada vez más firmes y latentes.*

ANGUSTIA

La ley del infinito resume
todo lo que nos sucede.

Éste es el momento en que recibo
lo peor de mí misma.

El dolor humano y moral es muy profundo...
como una herida en el corazón.

Herida que sangra desde el astral...
desde donde están unidas nuestras auras.

Me alientan tus palabras ¡¡¡Señor de la fuerza!!!
y es verdad que "todo pasa".

Pero este instante es eterno y el dolor no termina
¡¡¡que el dolor nos enseñe a superarnos cada día!!!

HOY DECIDES TÚ

Que será de mi futuro si hoy dependo de ti,
mi presente es producto de mi pasado,
pero el mañana tiene tu nombre.

No sé hasta qué punto tenemos consciencia
de lo que nuestros Seres
quieren para nosotros.

No sé hasta qué punto puedes sentir mi corazón,
o tú no lo quieres escuchar, o yo no lo dejo expresar
en el cenit de su plenitud.

Ambas cosas nos juegan en contra,
que el reverendo conciliador
nos ayude en nuestra conexión.

Nuestros sentidos humanos no logran alcanzar la luz,
pero con la ayuda del tercero que lo que venga
sea de nuevo el cielo.

Aunque lo que haya sido fuera asombroso,
que lo que venga sea aún ¡más hermoso!
porque así es como crecemos, con dolor, pero del bueno.

METAMORFOSIS I

Sentimientos ambiguos
persiguen mi destino.

Géminis intenta dividir mi integridad,
pero la integridad misma integra la dualidad.

Equilibrio cordial entre cerebro-corazón
y al fin el dolor se convierte en nuestro amor.

Lo que ayer me mató hoy me fortaleció,
y el acertijo se develó por convicción.

Y en el fondo del adiós nació mi comprensión,
si Dios nos encontró y Él lo decidió suyo es el hoy.

El sol volvió para los dos
y la luna pateada despertó su color
para guardar en su interior lo oscuro de nos.

VOLVIENDO A MÍ

Despierto en el espacio infinito,
me siento parte del todo
y regreso hasta la eternidad.

Mi Ser pleno recorre el cielo,
visita la paz y el silencio,
las octavas son más crudas, pero subo de altura.

La plenitud de la existencia
traspasa planos de esferas,
y sólo se siente lo que Es.

Ven conmigo…
ven, te invito…
a recorrer lo inmanifestado del mundo infinito.

Luego volveremos… no temas,
aunque este mundo no es real,
es la fantasía de una triste y cruel realidad.

LA ENTREGA

Sólo Tú puedes lograr que despierte
a la verdadera realidad.

El mundo de la forma tridimensional
quiere atraparme y hacerme olvidar.

Pero tu poder es inmensurable,
y al final sólo es tu medio inevitable.

Eres tan perfecto que tus fines
son siempre ciertos.

Y si Tú los creaste, tú sabrás guiarme,
avanzo contigo, no hay otro camino.

La luz esperanza es la guía anhelada,
y al final del laberinto, recién veo el destino.

Es largo e incierto,
pero es lo que hoy comprendo.

Te sigo consciente, por eso no me sueltes,
soy Tú y Tú eres mi Ser

Somos uno... somos todo...
y somos nada.

RENACER

Puedo alcanzar con mis ojos
la brillante luz
de su divina voluntad.

Mis sentimientos serenos
y mis pensamientos en calma
dejan divisar la pureza de mi esperanza.

Destellos de oscuridad quieren invadir mi paz,
pero los veo...
y la mente fugaz se los lleva voraz.

Ya los vi...
ya están muertos
y que el amor nos dé el aliento.

Con el dolor mueren
y con el sacrificio
logramos nacer.

Que la vida nos espere
para que el niño se exprese alegre,
que con su pureza nadie lo detiene.

HOY II

Futuro incierto que mueve mi esqueleto
y llena de esperanzas mis actitudes.

Presente activo que modifica mi vida,
y mi cuerpo despierta endorfinas.

Momentos instantáneos que me hacen revalorar
lo que comparto cada día con Seres en el mar.

Palabras sueltas que se las lleva el tiempo
y no comprometen desde adentro.

Acertijo y laberinto son dos líneas del destino,
que pacientes aparecen para descubrir la cimiente.

OPORTUNIDAD

Eres una estrella que brilla en el firmamento
y tu luz iluminó mi camino.

Eres un millón de rosas que llegaron para curarme
en la triste oscuridad de mis sentimientos.

Eres ansias de vivir y eso me transmitiste
en un instante de profunda inmersión.

Eres lo que busqué y contigo me encontré,
en un mundo virtual, pero con mucha señal.

Eres lo que mi corazón intuyó
y el tuyo receptó en medio de mi dolor.

Simplemente "gracias" por una noche que enamora
y comprende la demora.

Hoy es eternidad y no sé qué vendrá,
pero hoy sí comienzo de nuevo, una vez más.

CORAZÓN ARDIENTE

Nuevamente despertó
mi gran amado corazón.

Tú lo activaste con tu cálido amor,
con tu profundo color.

Y el universo contento destella alegría
y la tierra emocionada dulce anda enamorada.

Las voces del silencio cantan las baladas
y la brisa del misterio acompaña su tonada.

El rocío del cielo anfitriona las mañanas
y las aureolas plateadas adornan noches soñadas.

Todo se armoniza y resurge la risa,
todo se enamora y mi vida se ilusiona.

Belleza interior emana mi corazón,
que despertó por tu voz y revivió en mi canción.

Y esto continúa en la incipiente eternidad,
porque por siempre serás mi loca realidad.

DESBORDANTE

Manantiales de palabras
brotan instantáneamente
desde mi corazón.

Insisto en que fue tu don
el causante de mi reacción.

Es una catarsis infinita de palpitaciones
que inervo desde que te escucho
en mis canciones.

Despiertan autonomías inciertas
y tú estás entre ellas.

Y como fuego ardiente y voraz
en la intensidad actual
y desbordante de emociones,
exploto en mil razones
para amarte mi *"amore"*.

AGUARDA CORAZÓN

Guerra crucial, hoy se enfrentan
los dos ante el mar.

Mi mente y mi corazón
no entienden tu presencia hoy.

Ya es el tercer día
y conozco tu vida.

Mi futuro me reclama
y no entiendo al mañana.

Lágrimas por mis valles
recorren emociones reales.

Casi no te conozco
pero en ti me emociono.

Estoy asustada,
porque de ti, no quiero nada.

Pero cada minuto que pasa
me siento más conectada.

Algún día te lo diré
y contigo lo recordaré.

En este viaje de aliento,
será el destino el discreto.

DECISIONES

Me desbordo ante
tu presencia.

Parece utópico, pero es lógico
y siento que te conozco.

Mi corazón late fuerte
al pensarte solamente.

Decisiones y convicciones,
hoy me toca vivir por inspiraciones.

Tú y el cielo o el mundo entero y sincero,
pero despojado de lo eterno y en el infierno lo veo.

Pero siempre gana lo bueno, y al fin,
me entrego a lo eterno.

¿Y TÚ QUE DIRÁS?

Mi corazón incipiente
late siempre muy fuerte.

Tu imagen me desborda
inmensurable y en hora.

No hablé nunca contigo,
no escuché nunca de tu voz.

No miré nunca tus ojos,
ni toqué nunca tu rostro.

Pero mi corazón insiste
y el pulso persiste.

No sé cómo entenderlo,
no sé cómo comprenderlo.

Y al final... no sé qué dirás...
si al fin me amarás...

O simplemente...
nada más...

MISERICORDIA

Misericordia...
hoy despierto en un mundo
de esperanzas.

Un peregrinaje comienza
hasta la puerta del camino,
y ahí... te encuentras tú.

Fruta prohibida que no he de comer,
paraíso terrenal en donde tú
eres mi hombre real.

Laberinto con salida
y una fiesta en la vida,
porque ella tiene nombre en otra vida.

¡Valentía de vida! que el amor nos redima,
amante de la naturaleza que en la tierra aparezcas
y en rosa te conviertas.

Y elegida por Pachamama,
a su ceno vuelves con alas
y una triada formada.

De tu manto me despido, reverente ante tu nido,
y las "gracias" te dedico
por haber sido mi camino.

YA LO SABEMOS

Ya lo sabemos mi amor,
solo falta que los hechos
se descubran por sí solos.

Tu camino tiene un cruce
y mi vida una esperanza,
un terremoto se acerca
y a trascender la tierra.

Torbellinos mentales
me intentan invadir con sus males,
pero se desvanecen con el tiempo,
pues no tienen alimento.

Bienvenida al nuevo valle,
y recuerda que nada vale,
bienvenido al nuevo mundo,
donde en tu luz me difundo.

Y me permitirán estar ahí,
porque mi corazón lo decidió así,
y por primera vez amó
en esta vida de dolor.

Rescátame corazón
y juntos los dos
seremos la salvación.

"CELEBRACIÓN"

*Desde las profundidades
más lejanas de mi ser, allá...
en donde la mente no logra ni imaginar,
brota hacia mi corazón un sutil anhelo,
en este instante eterno e inmortal
para nuestras almas.*

*La celebración de cumplir
años de tu vida humana,
tras un largo camino colmado de mil destinos
que te llevaron a aprehender
la sabiduría de la alegría.*

*Mañana comienzas a transitar
nuevos y tantos añitos,
que también serán muy bien vividos,
y no sé cuantos más pasarán
hasta que volvamos a la mar.*

*Mi corazón infinito de esperanzas
no deja de sentirte bien y se agranda
cada día un logro más al percibir tu felicidad,
pero el día que ella desvanezca
aquí estaré para que vuelvas.*

REENCUENTRO

Encuentros desencontrados,
cada día que pasa
indica que el gran momento
llegará inesperado.

Almas gemelas
que con ansias se esperan,
lo posible ya surgió
y lo imposible lo hará Dios.

Que como arena y el mar
nuestros cuerpos se encontrarán
por siempre en la eternidad.

Que el cielo nos dirija
con sus coros a la orilla,
que su mano nos sostenga
y la balanza nos defienda.

Cada día nos acercamos un poco más
y es muy fuerte la esperanza al andar,
de reencontrarnos una vez más
con nuestras ansias de amar.

SIN LA DUDA

Ya no quedan más palabras,
la mente está limitada.

Sólo el desborde de esperanza
es lo que brota y te espera con ansias.

No dudes un instante que
nuestras almas se escapen.

El presente nos espera
para abrazar lo que más anhela.

No hay incertidumbre en el corazón,
que no insista la razón.

Que como fuego y ardor
el color ya encendió.

Y estas palabras no caducan
y cada día nos impulsan.

Y así por siempre quedarán
plasmadas en la eternidad.

DÍA DE SOLEDAD

Te amo desde lo más lejano
y profundo de mi existencia,
abriste las puertas de mi corazón
con tu cálido y dulce amor.

No podría seguir viviendo,
si no tuviera la esperanza
que mueve mi fe desesperada,
que persigue la noche esperada.

Sólo el saberte muerto
me haría desvanecer de tristeza,
porque sabría que en esta vida
nunca serías mi alegría.

Pero vivo te encuentro
y con locura te siento,
dame una señal al viento
una broma sin tiempo.

Y en ti me refugio del miedo
para aguardarte en mil besos,
de esos que no son del cuerpo,
sino del alma, del universo.

TIEMPO AL TIEMPO

Mi corazón destella esperanzas
y el amor que mueve mis ansias
se adorna con la fe del alma.

Y mientras tanto te sigo esperando,
y cada día al despertar apareces en mi andar,
y mi amor por ti se vuelve a inspirar.

Cada día te amo aún más
y cada instante que te pienso
más adentro te siento.

No puedo imaginar qué sucederá,
pero sé, que al fin
conmigo estarás.

No reclamo lo que no es mío,
pero tú me perteneces,
porque parte de mí eres.

Somos uno en el más allá,
Seres que se aman en la eternidad,
sólo un alma de verdad.

Y en la inmensidad se plasmó nuestro encuentro,
y todo es cuestión,
de tiempo al tiempo.

AUGUSTA SOLEDAD

Despertaste mi verdad
y recordaste mi esencia real.

Hallaste tu felicidad en la noche oscura
de augusta soledad.

Nuestras almas se buscaron
y en noviembre se encontraron.

Ya pasó más de un mes,
que parece un cien pies.

La intensidad se profundiza
y en mí siento tu brisa.

El amor omnipotente
con sus alas nos envuelve.

El verano con su risa
se conmueve de la dicha.

El sol ilumina nuestros días,
y el cielo lo abraza con sonrisas.

La arena nos toca serena
y el mar nos contiene las penas.

Y ella suave y él contento, serán testigos
de nuestro pronto encuentro.

LA VIDA REAL

La vida en su esencia natural, virgen, desnuda y real,
se asoma cada día un milagro al más allá.

La magnificencia se demuestra versátil vulnerable,
y el asombro se adorna recogiendo su gloria.

Dejándote llevar cada instante un logro más,
es como lo real despierta a la verdad.

Los atributos de la felicidad nos invitan a disfrutar
la realidad en la esencia misma de la eternidad.

La naturaleza ya no puede
contener tan maravilla.

El corazón sobrepasa sus propias líneas,
integrándose con todo lo que afuera exista.

Así es la vida de grandiosa y buena amiga,
con aroma a rosas y aires que asombran.

Allí nos encontramos nosotros,
cuando nos sentimos el uno al otro.

Y el universo nos contiene ansioso,
cuando volvemos y seguimos locos.

Dulce niña que nos guías, cálida, fresca y tan mía,
en ti fecundaremos más vida, en lo cotidiano, cada día.

AMOR

Las palabras se repiten
y el circulo vuelve
al mismo punto de partida.

Amor pleno e infinito,
mar de ayeres y recuerdos
que nos reencuentran
hoy en el tiempo.

El camino despejado
nos muestra de antemano,
que tú estarás a mi lado
y yo te daré la mano.

Éxtasis de emociones,
y embargados con su nombre
nos miraremos conformes.

Compenetradas nuestras almas,
jugaremos con ansias,
y colores de esperanzas
brillarán con sus alas.

Unión inmensurable,
sin tiempo, lugar y nadie,
por siempre y por la eternidad
nuestros Seres lo estarán.

NATURAL

Palpita la naturaleza al percibir tu esencia,
corretean sus duendes y hadas
en la tarde enamorada.

Lo expresa en todo su aroma,
en las flores rosas
y la caricia de sus hojas.

Sus espinas cortan malezas
para que el momento
abra sus puertas.

Sol inmaculado iluminas cada lado,
y las nubes sonrojeadas
dejan verse apasionadas.

Tu regalo es el retorno
y con estas palabras
te invoco.

Con tu vida lo llenas todo,
y con tu amor
lo inundas de asombro.

METAMORFOSIS II

La metamorfosis es un estado de melancolía
en donde lo real se entremezcla con lo que no debe ser,
pero la mente traiciona la realidad
con las emociones ambiguas del futuro irreal.

La Fortaleza nos rescata
de los torbellinos de las aguas del mar,
pero sólo se encarna con el llanto
de las lágrimas del maná,
porque el cosmos lo define y la persona lo decide.

Desde el más acá me ubico,
y observo que a cada instante
logro ver con más claridad mi realidad,
mi Ser me redescubre su propia esencia,
y me conozco un instante inmersa.

Si no existieran las crisis
no podría vivenciar el más allá,
observar y ser parte sin estar
en el bullicio de la proximidad,
de la ciudad vecinal y de la mala oscuridad.

Y así logramos avanzar...
despertar...
y conquistar la invisible
y mágica luz de lo real.

SUBLIME SENTIR

Aunque la distancia nos separa por un instante,
la realidad de nuestros sentimientos más profundos
están tan fortalecidos que el universo
volverá nuevamente a reencontrarnos.

Ni la distancia, ni las fronteras,
pueden separar lo que ya ha sido unido
por la magia de la verdad.

Las circunstancias ilusorias pasarán,
y los vientos apasionados
soplarán nuevos aires
de verdadera felicidad.

Inmensas fuentes de alegría
se desbordan al saber la dicha,
que cualquier día, desprevenidos nos encontrará.

Y solamente la duda
podrá romper este hechizo,
de amor real, sublime y ambiguo,
en medio del mar profundo y escondido.

ERES

Eres la expresión física de mi Ser.
Eres la esperanza que alimenta mis ansias.
Eres la palabra que abraza mi alma.
Eres la aventura que se libera al alba.
Eres la presencia que me desborda y me ama.
Eres la mañana que me levanta y me sana.
Eres la música que susurra apasionada.
Eres la inspiración que motiva mis mañanas.
Eres el todo que llena la nada.
Eres la magia que me abraza enamorada.
Y por sobre todo...
Eres la razón que el cielo me entregó
para amarte con el corazón.

SIN TIEMPO PARA PERDER

Nadando en un mar de sonidos,
deleitándome con aires de inspiración,
mi profunda respiración me eleva al más allá,
y ahí... me fusiono contigo.

Sintiéndome plena en la misma alma que somos,
y volviendo a nosotros mismos,
la profundidad de lo más puro
nos convierte en la inmensidad.

Desaparecemos de la ciudad
y volvemos a lo real,
en donde todo es total,
donde el sol es la magia ideal.

... que el cielo nos espera,
apresúrate vida corta... que la muerte no nos escoja,
sin haber alcanzado la gloria
y sin haber encarnado mi alma en hora.

Somos niños en la flor de nuestra inocencia,
somos seres jugando con el viento de la espera,
pero la brisa del amor intercedió
y la noche dispuesta nos reencontró.

RiTa o

ESPERÁNDOTE

Y encontrarte en él alma mía,
como en noches lo soñaba,
me desborda de dicha y ansias
de nuevo entusiasmada.

El titilar de las estrellas nos alumbró,
y esa noche su luz manifestada brilló,
el canto de su alma oí una vez más,
y así jugamos de nuevo a amar.

Han pasado varias horas
y el tiempo no demora,
la emoción se deja ser tocada,
y el dolor desaparece de la nada.

Con mis alas abiertas,
halcón de alto vuelo,
contigo me encuentro
en el cielo y el infierno.

Danzante y enamorada,
aquí estoy apasionada,
esperando ser tocada
con tu alma y tu mirada.

CURACIÓN

No puedo dejar pasar este instante
para plasmar con mi alma en lápiz
el milagro que mi obra teatral logró
con el impulso que Él manifestó.

Con la gracia del Altísimo
volví de nuevo a mi nido,
con su ayuda comprendí
y al final todo lo vi.

Gracias a la muerte
porque con ella me vuelve,
y gracias a la vida
porque sin ella no entiende.

Ahora cada día es conocerme sin mente,
dándome cuenta al verme
que así mi Ser me resuelve
para que vuelva al frente cada viernes.

Catarsis de mi camino,
donde al final soy mi destino,
con mi Ser me reencuentro en pleno delirio
y al darme cuenta me entrego sin motivos.

LO QUE SOMOS

Eres el espacio que contiene mis penas,
y las estrellas adornan
el escenario sin deudas.

Nuestros complementos se juntaron
para desplegar sus mantos,
y abrazar lo profundo
de sus lazos.

Pero las almas se limitan
y nosotros logramos llegar más profundo...
hasta lo que Es.

Amor de amores,
unidos desde el amanecer de todas las creaciones,
hasta tu sombra reconozco,
porque el Todo eres sin foto.

El encuentro nos espera,
y cada día más se acerca,
porque a amarnos la vida nos lleva.

LA LIBERTAD

La libertad es el principio del encuentro,
por eso, vuela corazón y abre tus alas al viento,
que hasta el mismo vuelo
regresa a su punto de partida.

Nuestro amor sobrepasa los lejanos
misterios de nuestros Seres,
y se embriagan unidas nuestras almas,
al sentir la presencia de la suprema existencia.

La despedida parece traer algunos días de soledad,
pero es sólo el comienzo
que nos devolverá a nuestro propio reencuentro,
en sólo algunos pocos días de lejana agonía.

Ya te estoy esperando
y te sigo amando,
tu alegría y aroma me asombran
mis inspiradas horas.

Buen día corazón,
amado y dulce amor,
y bienvenido al santo cielo
que de hoy en más veremos.

EL PRINCIPIO DEL FINAL

Si el fin es el comienzo,
cuando comienza
finaliza nuestro encuentro.

Si la felicidad es un atributo del corazón,
entonces que el amor,
salte los caprichos de la razón.

Y recordando el Nilo tú apareces conmigo,
en noches plateadas de intensa felicidad,
plasmando armonías del espíritu y del más allá.

Nuestras almas gemelas contentas
golpean cada latido de su puerta,
con la fuerza fuerte de su meta.

Y en esta eterna realidad,
sentirnos, pensarnos y amarnos
es el alimento que nos devolverá el aliento.

EN ESTE INSTANTE

Hoy es tiempo de stand by,
mi espíritu vuela como el águila
y los sueños me muestran sus alas.

Tú me vienes a buscar y te espero en el astral,
vestida de blanco y en amor viajamos
hacia la luz eterna, hacia el origen vamos.

No sé si es fantasía o realidad,
pero pasará lo que tenga que pasar,
y que Dios nos lo conceda hasta en la eternidad.

Que el amor se auto desafíe
a hacerse consciente de su propia simiente,
y por su propia voluntad
volveremos a vivir en felicidad.

REACCIÓN NATURAL

Los elementos de la naturaleza
se potencian y se revelan.

Los grandes vendavales se expresan
mostrando su libertad en pureza.

De las lluvias inmensurables
nos llega su imponente caudal de mares.

Las estrellas brillan con más vigor
y la tierra temblorosa ríe con más sabor.

¿Y cómo está tu naturaleza interior?
¿dejarás que se revolucione o seguirás al borde?

Como lo mágico de la relatividad es que todo es posible,
lo bueno del amor, es que sólo sabe de realidad.

¿Y qué camino tomarás?
¿Seguirás lo natural?

Que el viento nos envuelva
y que el cielo nos contenga.

Que el río nos purifique
y que la tierra nos realice.

Y convertidos en amor
aquí estaremos tú y yo.

ETERNA ETERNIDAD

Que tú seas plenamente feliz,
me completa mi felicidad.

Aunque más no sea juntos,
pero la meta es ser solo uno.

Nuestras almas destinadas
a amarse se llaman.

Nuestros polos se entrelazan
y la energía nos abraza.

Corazón que late intenso,
viva me haces cada vez que te siento.

Y la razón ya lo entendió,
sólo falta que lo conceda Dios.

La esperanza no es espera,
ahora es ansia y el día llega.

Las horas están celosas
y el tiempo cambió su obra.

Hoy es la eterna eternidad,
tú, yo, la dicha y el mar.

VOCACIÓN II

Mi vocación es mi Ser,
destellando vibrantes armonías
desde su universo interior.

Abro mis alas al infinito,
extendiéndome a la nada
y abrazando el todo divino.

¡Exprésate en mí! amado Ser,
que a tu alma plateada me enviaste
para que él me rescate.

Abrázame con tu espíritu puro,
seamos uno con el mundo,
y en la eternidad misma me difundo.

La sutileza de mi espíritu vulnerable
hoy se expresa suave y en calma,
y su luz iluminará tu camino.

¿DÓNDE ESTÁ TU CORAZÓN?

Mágico es el instante
en que te haces presente en mis emociones,
que fulguran ardientes y sublimes pasiones.

Me desborda el corazón sonrojado,
al pensarte tan emocionado
y a la vez tan distante y desconsolado.

El mundo externo desaparece,
para hacerse ausente en mi presente,
la esperanza que despierta con creces.

Podrán decir que estoy loca,
pero mi locura es bien sorda
y no desvanece tras las horas.

Esperar no será en vano,
cuando la recompensa sea el ramo,
y emocionados cantemos amando.

Aquí está tu corazón,
dentro del mío, en este instante, hoy,
y ahí permaneceremos unidos,
hasta el final de nuestro destino.

ENTIDADES TENEBROSAS

Están ahí...
siempre queriendo estar presentes en mí,
confundiendo mis sentires hacia ti,
regalándome miedos porque sí.

Los veo tan presentes e imponentes,
tan seguros e incipientes,
que hasta a veces me convencen
con sus voces aparentes.

Confusiones con dudas hoy,
experimenta mi razón,
cuando de ti se trata corazón.

Pero al sentirte tan presente
y al pensarte tan ausente,
los extremos se desvanecen
y apareces tú en mi mente.

Entidades... ya los vi....
es momento de su fin,
cuando hoy comprendí,
que tú eres para mí.

INCONSCIENTE PRESENTE

Por momentos es el tiempo,
por segundos los minutos,
por instantes el presente.

Las múltiples realidades relativas
dispuestas como un abanico abierto,
desfiguran la meta de mi corazón.

Y nuevamente vuelvo a mí,
donde al final del camino estás ahí,
con mil espinas y frenesí.

Sincera y vulnerable,
presente y cautivante,
percibo mi inconsciente al aire.

Me conecto con tu mente,
pensando con el corazón ardiente,
sintiendo con la razón de la mente.

Y en el fondo del adiós
nació tu consciencia hoy,
y juntos tú y yo estaremos ante el amor.

LIBERACIÓN POR CATARSIS

Catarsis de letras libera mi inconsciente,
mostrando mi futuro en el presente,
encadenado por influencias latentes.

Mi reflejo me devela sus secretos,
donde percibo mis propios consejos
que me trasmiten sus sabios misterios.

Noches que despierto mi conciencia,
firme, latente y sincera,
gracias a la catarsis sin pena.

Deslumbrada por su luz exponente,
visualizo su dolor más reciente,
que permite darle fin de repente.

Navego por la profundidad de lo incierto,
descubriendo el gran silencio
del inconsciente que libero.

VIAJE IMPREVISTO

El tiempo pasa dejando en sus huellas
ecos de momentos eternos,
de felicidad y descontentos.

Arboledas de eucaliptos plateados
adornan el paisaje transitado
a orillas del mar Atlántico.

En compañía de seres extravagantes
viajo hacia un nuevo encuentro,
hacia un muy esperado momento.

Música de película que acompaña,
de colegas extasiados en el alba,
que preparan la llegada.

Inspirada por el alma, vivo la tarde improvisada,
sintiendo el arte en este instante,
que me devuelve tu compañía en el aire.

SENTIRES

Sublimes sentires llegan a mi Ser,
percibiendo tu presencia
colmada de belleza.

Tu exquisita fragancia
que me hace despertar,
golpea la puerta de mi esencia vital.

Me doy cuenta que estás conmigo,
tus pensamientos llegan a mi alma,
y tus sentimientos despiertan mis ganas.

Aquí estoy... contigo amor...
recibiendo tu naturaleza,
compartiendo tu tonada fresca.

Te extraño corazón,
con toda mi alma y mi don,
con todo el talento y el son.

Unidos nos ubicamos,
en el centro nos amamos,
y muy adentro nos encontramos.

NOCHE ESTRELLADA

En la profunda noche estrellada
apareces con tu luz apasionada,
adornando emociones doradas.

Tan lejano e inspirado,
me devuelves tu canto alado,
despertando el cielo iluminado.

Acompañada por naturaleza
descansan las almas en pena,
porque no encontraron su dueña.

Nosotros nos elegimos,
hace mucho, en otros ciclos,
y así hoy coincidimos.

Y la vida linda continúa,
mientras la luna susurra
la llegada del sol que nos inunda.

DÍA DE FESTEJO

La vida preparó el encuentro
y el cielo festejó sus sueños.

Nuestros Seres se llamaron
y un domingo se encontraron.

Que los cumplas muy feliz
y no lo olvides porque sí.

Hoy es un día especial,
porque cumples un año más.

Y el regalo más esperado,
es mi presencia hoy a tu lado.

ALEGRÍA

El tiempo detenido en el presente
me hace vivenciar la eternidad,
un instante inmensurable
de sabores en el aire.

Extrayendo luz de cada frase
recojo colores que arden en el aire,
en lo profundo del evento,
en lo escondido del encuentro.

Todo rebosa de alegría,
y apareces tú en mi día,
en la espera ilusionada,
en la fe entusiasmada.

Vuelvo adentro, al momento,
y con halagos amo todo a mi encuentro,
la escalera subo corriendo,
y las alas abrazan tus besos.

Festejamos la amabilidad
de la risa y algo más,
y andaremos alma mía,
en la vida con alegría.

EL TIEMPO

En un círculo cerrado
vive el tiempo capturado,
e intentar enloquecerme
es la meta que no lo detiene.

Observándolo en el todo,
lo descubro de algún modo,
y alejándome de su entorno
me encuentro aquí sin logros.

Y el aroma que despierta
abre la puerta de espera,
dejando pulsos sin penas
para el andar sin condena.

Avanzando nos encontramos
sin tiempos y sin esperas,
con la pena de ser incierta
la llegada de tu presencia.

CIUDAD LETAL

Regreso a la ciudad densa y deteriorada,
con ganas de despegar con mis alas.

Y es que todavía no estoy preparada,
aunque la hora en llegar no tarda.

Ruidos de confusiones
inundan mis emociones.

Convulsionadas mis intensiones,
no descubren los sabores.

Y dime ¿qué sucederá?
¿cuándo el camino he de tomar?

Quiero hacer sólo tu voluntad,
alma mía, de mi maná.

CLARIDAD

¡Te necesito claridad!
la agonía no me deja ver la realidad,
o no quiero saber la verdad.

No seguiré más en esta ciudad,
que desmaya cada día un poco al mal,
pero hoy no tengo mis alas para volar.

Sólo un milagro puede salvarme,
sólo Dios puede ayudarme.
¿Dónde estás cielo hoy?

Necesito tus señales,
necesito tus manos leales
para levantarme y salir adelante.

No quiero estar más así,
no quiero dejar de sentir,
sólo quiero estar junto a ti.

¡Ayudadme! os imploro,
a descubrir hoy el oro,
y despertar en el podio.

TRIADA FORMADA

Antes que tú soy yo y antes que yo es mi Ser,
a ti me resta esperarte,
a mí me queda prepararme
y a Él le toca expresarse.

Mientras me preparo
tú vuelves a mi lado,
y mientras te espero
Él deja de ser cero.

Una triada que nos alienta,
tú, yo y nuestro Dios alerta,
y a unirnos vamos sin espera,
siempre con el corazón a cuestas.

El presente nos contiene
y el instante nos defiende,
no pensemos con la mente,
que el corazón nos aliente.

ALAS CRECIENTES

Mis alas están creciendo
y aprendiendo a volar me encuentro
con mi espíritu al asecho.

Muy pronto estaremos juntos,
más allá de este cruel mundo,
para volver a fundirnos en uno.

Tus alas libres y esplendorosas
me enseñan a volar celosa
y cada vez más poderosa.

Y el milagro ya sucedió,
al darnos cuenta los dos
que el camino es nuestro amor.

Seguiremos en el presente,
hasta que la luz nos encuentre
más vivos que el sol naciente.

La cuenta regresiva se activó,
y el reloj del tiempo se esfumó,
para unirnos en pleno amor.

DESPLOMÁNDOSE EL VELO

Hoy veo la claridad,
firme, fuerte y sin ansiedad.

Contemplando la realidad
logro descifrar la verdad.

Y observando su rostro alado
me llena el alma mi amado.

Mágico es el amor,
con fragancia y puro sol.

Quien pudiera sentir lo que expreso,
comprenderá que el amor no es solo un verso.

Es cuestión de almas y aún más,
de espíritus, Seres y eternidad.

Y creando nuestros caminos
nos encontramos hoy más unidos.

MAR DE AMORES

Nadando en el mar del espíritu
diviso la conciencia de tu aura.

No hay más cálido sentir
que el amor en su cenit.

Y extasiada de tu alma
me difundo en tu mirada.

Inspirada por tu razón
te acepto libre, corazón.

Y como la arena besa al mar,
nuestras almas se compenetraron al amar.

Los peces necesitan nadar
en un mar de agua para respirar.

Nosotros necesitamos nadar
en un mar sin temores para amar.

NOCHES DE ZOZOBRA

Noches de extasiada inspiración,
el cielo me devolvió mi amor.

Vacaciones premeditadas
vivenciaste lejos y en la nada.

Pero la oscuridad una estrella nos regaló,
y conforme a ella nos iluminó.

Y las noches de zozobra pasarán,
porque juntos, estaremos de hoy en más.

El cielo muy estrellado
nos acompaña de antemano.

En medio de la vida andamos,
siempre unidos de la mano.

Y muy buenas noches vendrán,
porque ya no me necesitarás.

ACERTIJO

Profunda quietud asecha
los instantes de miseria,
de no tenerle ni verte,
por estar frente a tu continente.

Cuadros de extrañas noches,
de soledades al borde,
que contemplan el paisaje enorme,
de la ficticia cotidianidad al desborde.

Palabras entremezcladas
intentan descifrar tus miradas,
con el perfume de la madrugada,
esencial para ver tu aura.

Mundo de infinitos laberintos
queriendo develar la conciencia del inicio,
que nos muestra el inconsciente colectivo,
en su etapa final, en su cruel acertijo.

En la inmensa lejanía virtual
mi espíritu me confirma lo magistral,
pero en esta noche letal
la luz se encuentra infernal.

Y aunque no vea siempre
tu estrella brillando,
siempre está latiendo al lado
de mi corazón recostado.

MARINERO A NAUFRAGAR

¿Qué será de lo que fue?
Lazos fuertes que aparecen en mi mente.

Te sorprendo naufragando en el desierto,
en tu propio mar a tu propio encuentro.

Fue muy cierto nuestro cuento
y al cariño lo siento en sueños.

¿Dónde estás primer amor?
¿Qué será de tu vida hoy?

Una vela te llevó
a descorrer tu velo hoy.

Stella Maris te llevará en tu barca,
marinero, que en tu mar naufragas.

TIERRA DE FARAONES

Gritan mis sentidos abrazando todo al olvido
y mi Ser se expresa
compartiendo el alma del Nilo.

Faraón, que entrelazados estábamos,
brillando con nuestro encantado esplendor alado,
en medio de nuestro lecho dorado.

Noches de oro puro,
fabricando en el desierto
nuestro amor más puro.

Tu cálido rostro recordé,
mágico y dulce a la vez,
con aroma a niño esta vez.

Tierra de gobernantes oportunos,
de hombres castos y maduros,
de aires fuertes y bien puros.

Allí mi vida entregué por ti,
y mi amor entero te di,
porque tú ya eras parte de mí.

ERA DE ORO

Valle de verdes encantos,
vidas pasadas de grandes magos.

Praderas de cuadros en Monet,
reflejan los jardines del edén.

Andrógeno dentro de ti,
me encontraba por ahí.

Y aunque fuéramos solo uno,
de ti dependía mi mundo.

Era de oro, dorada,
mi vida dentro de ti estaba.

MADRE ESPACIO

Gestado por Dios Madre,
fue nuestro Dios Padre.

En su vientre lo vio crecer
y de su pecho le entrego el universo.

Dependencia cósmica universal,
de la fémina depende el galán.

Desde la era inicial hasta la actual,
el Todo llena la nada ideal.

Y como se complementan la arena y el mar,
también el cosmos depende del caos.

VACÍOS INCOLOROS

Espacios que se vacían,
cuando te encuentro
sin color ni aroma en mi vida.

Tiempo inmutable
que no llena la tarde,
ni explota en medio del aire.

Vacíos incoloros
sin dolor ni asombro,
solamente indiferente ante el todo.

Agujeros negros que se traga el tiempo,
sin sentir miedo ni alborozo
en mi tierra de reposo.

Y ante esta tranquilidad
novedades se avecinan,
en el andar de los días.

AÑORANZAS REVALORADAS

Añoranzas inesperadas y exhumadas,
me recuerdan nuestras pasadas mañanas.

Vida de amores sin sabores,
y un día desperté sin pasiones.

Revalorar las enseñanzas pasadas
es replantearse no repetir las mismas causas.

Añoranza, que regresas de tus vidas pasadas
¿cuáles serán tus calculadas consecuencias andadas?

Mi presente me devuelve las respuestas
y me ofrece ahora nuevas buenas.

Conjugando entre ayeres y mañanas,
conmigo el presente vivo con calma.

TIEMPO DEL SACRO OFICIO

El momento esperado
se acerca trabajando,
lo veo llegar gestado
de la mano de mi amado.

Trae sabores de frutos del bosque,
colmado de nobles
momentos de goces.

La entrega ya no desespera,
a no entregarme incompleta,
y se desvive por su dolor y entrega.

Salud mental, física y emocional
es lo que te mereces
en esta vida irreal.

Comprender el más allá
para escapar de la enfermedad,
es la meta del sacro oficio real.

El amor me entregará
la llave mágica y real,
y sólo yo la podré usar
con mis ganas de sanar.

LAZOS QUE SE EXTINGUEN

Lazos que concluyen extinguiéndose en los mares,
y entre los extremos a ti te encuentro en mis naves.

Se rompen las cadenas prisioneras,
de su propia libertad austera.

Visualizando tu nombre me encuentras,
para desvanecer las noches enteras.

La historia de Troya aparece silenciosa,
Aquiles te sigue porque su vida la repites.

Se diseminan en el polvo
las ataduras de tus monstruos.

Hablándome mis sueños me destierran,
de la infértil vida que aún aterra.

Y pronunciándome ante el alba dorada,
su luz me demuestra que Todo nos habla.

PURIFICACIÓN

Ríos cristalinos purifican mis sentidos,
y el caos del microcosmo
se reorganiza de algún modo.

Vientos que liberan mis mañanas desiertas,
y me devuelven la paz soñada
en cada segundo que pasa.

Días de esperada añoranza,
en los que me encuentro
cada vez más integrada.

Noches de expresiones veladas,
se acentúan con la luna plateada,
y las estrellas brillantes acompañan la velada.

Preparándome y naciendo,
purificándome y riendo,
hoy me encuentro creciendo.

CIRINEA

Desbordante de vida y siendo un alma viva,
te reconozco en mis días, "cirinea",
porque tú eres mi guía.

El cielo encantado te envió a mi lado,
para que encamines mi castillo nublado,
y modifiques mi destino karmático.

Tus ojos negros como la noche estrellada,
conocen el todo de las causas robadas,
y anuncian la llegada del esperado mañana.

Y tus rizos de espirales,
como escalera de faros en los mares,
en el remanso de los peldaños nos sube de planes.

Nuestro secreto compartido
es el verdadero amor de niños,
del que en los cuentos habla cupido.

Y nuestro punto de encuentro
es el esperado momento,
de los amores sin tiempo.

SALIENDO EL SOL

Como un ciclo recurrente
sale el sol en el naciente,
iluminando todo en su simiente.

Sin distinción imaginable
siempre aguarda tu llegada,
para entregarte su causa.

Y aunque aún no estés consciente,
su luz ilumina tu presente,
ahuyentando tu inconsciente.

El grato regalo de su presencia
es hacer que la consciencia
perciba su esencia.

La meta se cumple al entregar su lumbre,
pero al recibir su disfrute
completas el ciclo que recurre.

Y al hacerlo feliz por verle,
él te regala en tu frente,
la luz que todo lo ve y lo siente.

PRUEBAS EMOCIONALES

Descubriéndote a ti misma,
prueba de emociones,
te haces consciente de tus propios errores.

Fortaleces tus sentimientos,
como mar embravecido reconoce al viento
que produce su desvelo.

Y encerrado en el corazón del océano,
el amor difunde su misterio,
en el andar de la vida a su pueblo.

Convicciones que fortalecen el cuento,
de un amor sincero y eterno,
es lo que el viento agita a tu encuentro.

Sirenas encantadas cantan baladas soñadas,
de frases que adornan tu ausente morada,
y se desvanecen las tan lejanas distancias.

Luz del absoluto,
ninguna prueba para ti es mucho,
por eso tu luz siempre es mi refugio.

PLURALIDAD

Múltiples valles sonrojados
de misterios encontrados,
que se exponen lado a lado
del camino más lejano.

Nos extendemos relajados
por entre sus paisajes soñados,
entre espejos plateados
y ardientes destellos animados.

Se abren las circundantes esferas,
del camino más empinado,
que nos conduce entusiasmados
hasta el final del estrado.

Y sumergidos en el mar
de laberintos entremezclados,
nos asomamos mirando
la superficie de lo olvidado.

El impulso nos esfuerza
a salir a flote en esta entrega,
día a día en la vida cotidiana,
y en la dicha del mañana.

Y andando y andando vamos,
y tú tan viril vienes a mi lado,
entre rosas y muérdalos malos,
redescubriendo el secreto más preciado.

"NO TEMAS...
BASTA CON QUE CREAS"

Inspirada en esta frase,
el poema nace en la calle.

"No temas... basta con que creas"
es el misterioso secreto de nuestra Meta.

Y "creyendo" como único basamento,
dejo atrás el temor de no creerlo.

Lo imposible dejó de existir,
y la seguridad regresa a mí.

Tu fragancia fresca llega hacia aquí,
cruzando mares, a acariciarme a mí.

La creencia ya es firmeza,
de estar contigo a tu diestra.

Y la sorpresa que se avecina
cambiará toda mi vida.

LA NOCHE

Noche estrellada,
con luna llena y plateada.

Crece y crece en silencio completo,
y sus misterios nacen del cielo.

Sintiendo tu llegada
mi corazón me anuncia el mañana.

Noches en cuenta regresiva,
y tú apareces en mi vida.

Me interno en el frío invierno,
y se devela el secreto eterno.

Porque sé cuál es el tiempo,
en que tú vendrás a mi encuentro.

ALMAS LIBRES

En la cima de la montaña
nos abrazamos el alma,
y unidos nos lanzamos
a un mar de esperanza.

No necesito la dicha,
porque tengo lo más grandioso,
exaltado y hermoso,
que es el amor en alborozo.

Dios sabe lo que siento
cuando apenas te encuentro,
porque Él es amor eterno,
como el que por ti siento.

Libres de agonía,
nuestras almas unidas
navegan distraídas,
en cada día a día.

Y disfrutando el alto vuelo
nos sentimos inmensos al viento,
nadando en el cielo abierto,
como almas soñando de nuevo.

LA LLEGADA

Mi incredulidad no cree,
pero confía que algo se aproxima.

Lo muy esperado llegará,
y mi Ser sólo disfrutará.

La vida agitada me desgana,
pero mi esencia me realza.

Ya no creo en la resolución,
ya no espero tu atención.

Solo vivo el hoy,
y llega la solución.

Es por eso que te aproximas,
a mi encuentro alma mía.

INCONSCIENTE

Inconsciente que encerrada me tienes,
devuélveme mi realidad consciente,
para ir más al frente.

Tú no tienes mi presente,
sólo excusas en mi mente,
desvanecidas al conocerte.

Y se abre un mundo latente,
lleno de vida y ardiente,
y tú estás en mi vientre.

Amaneceres despiertan,
las madrugadas durmientes,
y saludan al naciente,
al despertar lo inconsciente.

La consciencia está naciendo
y luz de niña apareciendo,
en la vida el amor eterno
fluye de nuevo al verlo.

LA MUERTE

Muerte letal e irreal,
cuando la vida
concibe lo inmortal.

Quieres matar mi verdad,
destruir mi realidad,
y la luz te niega total.

Tu poder se desvanece,
con la presencia
del sol naciente.

No conoces bien la suerte,
y el amor y la corriente
solo saben de la muerte.

Hoy te acercas tan inerte,
y te deshaces al verte
tan pálida y deficiente.

Muerte, que tu propia luz te condene,
cuando al mirarte te detienes,
me das tu mano y me entretienes.

LA VIDA ES FELICIDAD

La vida es felicidad,
no es distraerse con lo material
ni dispersarse en lo irreal.

Felicidad es el instante,
donde lo real se crea al mirarte,
y el Ser vive en su cuerpo elegante.

Creer es crear y creando se vive en el instante,
en su espacio virtual delirante,
plasmando armonías de alardes.

Felicidad que a veces reposas,
no siempre rebosas
con destellos ni gloria.

Apareces en nuestros días,
brindándonos tu alegría,
pintando de color la vida.

No desvanezcas en la tristeza,
ni te desanimes en la guerra,
simplemente sigue bella
y nunca desaparezcas.

LA META

Simplemente la meta,
es lo interesante
en medio de la guerra.

Meta, que confundes la felicidad,
con la alegría de llegar
a tocarte una vez más.

Pero vivir el instante en el andar,
confiere el secreto
del caminante al indagar.

El disfrute sin alegría
es como una lección
sin extraer sabiduría.

Y cuando llega la libertad,
y desvanece la ansiedad,
la meta se hace inmortal
y llegamos al más allá.

JUGANDO A LAS ESCONDIDAS

Jugando a las escondidas
te resguardas en la vida
de tu felicidad y tu alegría.

Desafiando la naturaleza,
tu Ser te impulsa a la destreza,
pero tu concepto te aconseja.

Corazón que te escondes
al compás del conde,
en lo profundo de la noche.

Pero te encuentro...
y en medio de tu secreto
te impulso a nuestro regreso.

A escondidas nos miramos,
en lo profundo nos amamos,
y en la luna llena nos reflejamos.

El sol naciente está por verse,
y con él nada puede esconderse,
por eso ahora volveré a verte.

ESTA NOCHE

Noche de comprensión,
de bellos instantes
y profunda solución,
junto a mi corazón.

Consciencia que te haces presente,
y me muestras tan alegre,
en la oscuridad que me encuentres
lo turbia que está mi mente.

Cirinea que acompañas
esta reflexiva velada,
y descorres con tus alas
el velo que me atrapa.

Noche mágica y eterna,
junto al cielo que me tienta,
a conquistar su ciencia
y vivir sólo a consciencia.

CICLOS QUE SE CIERRAN

Concluyen ciclos transitados,
y nuevos aires se asoman de la mano.

Escalón que se sube con son,
con impulso fuerte y sudor.

Vista que se mejora
y desde la cima se asoma.

Desde aquí contemplo tu cuerpo,
acercándose al nuevo cielo.

Todo sucederá en invierno,
con nubes rosas y vientos.

Y tu ciclo culminará
cuando acabes de naufragar.

PRINCESITA

Princesita inspirada,
llena de luz encantada,
tú alumbras el mañana
y todas las moradas.

Luchadora en esta vida,
fuiste presa desde niña,
pero el cielo te dio dicha.

No desmayes de agonía,
nunca pienses con la ira,
porque tú eres pura vida.

Alba, aboga por sus días,
y envuélvela con alegría,
de emoción y simpatía.

Su corazón ilumina mi vida
y juntas, algún día,
reinaremos en armonía.

DESPERTARES

Destellos que se suman
a la consciencia desnuda.

Creencias que desvanecen,
que se caen y desaparecen.

Sabor a despertares,
hoy deleito entre mil mares.

Conociendo que estoy viva,
me doy cuenta que no soy niña.

La luna solo muestra el reflejo
de quien la ilumina como un espejo.

Y la luz es en sí misma
la que ilumina mis desdichas.

Contemplando nuestros defectos,
recuperamos nuestros destellos.

FORTALEZA

Fortaleza interior que
despertaste del temor.

La creencia de tu debilidad
te sumergió en la profundidad.

Y el pasado te convirtió
con sus causas en dolor.

Pero la fuerza de tu Dios
de la muerte te rescató.

Y hoy descubres por convicción,
que resucitaste por tu amor.

MAR DE ESPERANZAS

Mar que como espejo danzante,
te proyectas con tu baile
al oleaje que creaste.

En la tarde te emocionas,
porque el sol es quien se aloja
a acariciarte en buena hora.

Ruges como el viento enojado,
cuando tu furia gritando
se convierte en tu llanto.

Y muestras tu serenidad apaciguada,
tu dulce alma enamorada,
que aflora en calma controlada.

Entre nosotros te encuentras en guerra,
uniendo mundos de consciencias
en perfecta apariencia.

Mar de esperanzas apasionadas,
tú que conoces nuestras miradas,
aliéntanos al encuentro esperado
de nuestros cuerpos amados.

ALGO NUEVO

Algo nuevo se avecina,
mar de amores en la mira.

Fluye prithvi y hoy caminas,
cerca de mío, tú, alma mía.

Obedeces tu consciencia
ofreciéndome tu esencia.

Al lado mío hoy renuevas,
tu dulce vida en la nueva era.

Y quietud de tranquilo mar,
hoy se despliega en mi caminar.

¡NO SÉ CÓMO!

Yo sé cómo acariciar las innúmeras estrellas,
y hacer que la luna te observe plena.

Yo sé cómo tocar el sol con mis manos,
y hacer que viento acaricie tus labios.

Yo sé cómo envolverme en la lluvia de verano,
y hacer que las nubes despejen tus engaños.

Yo sé cómo conquistar las mentiras robadas,
y hacer que la ciencia borre tus marcas.

Yo sé cómo abrazar la esencia adormecida,
y hacer que tu consciencia despierte alegría.

Yo sé cómo conquistar las metas de tu vida,
y sentir de lejos, que tú quieras recibirlas.

Yo sé cómo despejar la neblina matutina,
y hacer que tu día sea sólo de dicha.

Pero No Sé Cómo dejar de adorarte,
y respirar sin aire cuando apenas me faltes.

PUEDE SER

Puede ser que el océano contenga maravillas secretas,
puede ser que la luciérnaga alumbre tu belleza,
puede ser que la dicha te renueve completa.
puede ser que la aurora te abrace indiscreta.

Puede ser que el cielo brille también de celos,
puede ser que la tierra crezca con recelo,
puede ser que la inspiración nazca de tu propio dolor,
puede ser que la luz aflore de tus deseos hoy.

Puede ser que la luna cante al salir marte,
puede ser que las estrellas titilen siempre brillantes,
puede ser que la consciencia despierte al surgir el arte,
puede ser que la fortaleza sea como un diamante.

Puede ser que el universo te convierta en hombre real,
puede ser que se confundan los cauces del mar,
puede ser que te ame cada día aún más,
porque en cada alborada, puede ser,
que siempre encuentre tu tierna mirada.

PREPARACIÓN

Sol que con sudor caminas,
alrededor de la órbita de tu vida.

Alimentas al mundo con amor,
y lo contienes con tu propio don.

Percibimos tu emanación
con cánticos y color.

Colaboras con la preparación
de nuestro mundo interior.

Y te entrego mi mejor condición,
mi cálido y misterioso humor.

NUEVO ESCALÓN

Atrás quedaron viejas experiencias,
que traducidas en esencia,
fueron siempre recurrencias.

Nuevo viaje en este valle,
en donde lo bello es el instante,
y la naturaleza me devuelve el arte.

Aire fresco se siente al vuelo,
con el aroma a muerte,
que cada día que pase despierte.

Con sabiduría percibo la razón,
con amor me voy con Dios,
y al compás de la alegría camino con mi don.

Sigo siempre mi timón,
y los latidos de mi ritmo son
como caricias en mi corazón.

MI ALMA

Mi alma se desgarra de amor por ti,
queriendo acariciar tu esencia
y volar hacia la luz eterna.

Me despojaré de lo superfluo,
de lo ingrato y de lo incierto,
para llegar hasta tus besos.

Me desviviré por tu mirada,
que me alumbra cada mañana
y cada amanecer al alba.

Me aseguraré mientras viva,
ser tu aliento de por vida,
porque el tiempo te aniquila.

Y no puedo eludir tu presencia,
ni logro tocar tu ausencia
en esta noche de puras estrellas.

ENAMORADO

Enamorado vas caminando,
y al compás del corazón cantando,
vives con tu ausencia enamorado.

No sabes cada paso que das,
y te internas profundamente
en medio del mar.

El paisaje que se asoma
te contempla la demora
y se lleva tu mal hora.

A escondidas estas amando,
y el tiempo tus duelos esperando,
para no volverte amargo.

El momento ha llegado,
y si quieres estar a mi lado,
sólo besa mi alma en blanco.

Y liberado algún día te encontrarás,
mientras vivas con tu alma gemela unida,
espiritualmente, en esta vida.

30 SEGUNDOS DE LUMBRE

30 segundos de lumbre
tan solo me bastarán,
para vislumbrar la vida del más allá.

30 segundos de lumbre
tan sólo me ayudarán,
para estar segura de tu esperado llegar.

30 segundos de lumbre
y nada más faltará,
para saberte en mi mente y en mi caminar.

30 segundos de lumbre
tan sólo se necesitará,
para que nuestro amor no se apague jamás.

30 segundos de lumbre
colmarán por siempre nuestro andar,
y definitivamente nuestro amor final.

ESPERANDO

Esperando tu llegada
me encontré con la mañana.

Esperando tu sonrisa
me esfumé entre la brisa.

Esperando tu alegría
me divertí con la dicha.

Esperando nuestro encuentro
me escondí con el silencio.

Esperando nuestro momento
disfruté el instante eterno.

Esperando tu regreso
me apresuraré a tu encuentro.

SIN MÁS PALABRAS

Noche que culminas,
y desapareces de mi vida
con la luz del pleno día.

Muerte que iluminas
el camino que me guía,
a mi dueño, que eterniza.

Sin más palabras que aclarar,
en la última noche letal
me desvanezco de todo mal.

A Dios contigo voy volando,
y en el último adiós cantando,
en esta noche que va llegando.

Un nuevo día arribará,
y en pocas horas estará,
colmando nuestra soledad.

PLEGARIA

Plegaria de perdón,
grito al cielo con amor.

Agradezco al universo
la grandeza de estos versos.

Te ofrezco mi vida entera,
y estar contigo en cada meta.

Me entrego entera a tu diestra,
y a ser siempre tu sierva.

Sol que cantas cada mañana
y alumbras la vida entera y humana.

Suplico nunca nos desampares,
estando siempre en nuestros males.

Gracias por las alas reales,
que crecieron por mis voluntades.

Divinidades que despejan los males,
cada día despiertan señales.

Corazones de amor eterno,
te alaban en tu propio reino.

Por eso "Gracias Dios" te doy,
por ser mi mano siempre y hoy.

"Expresiones Veladas"
Poemas

"El Amor es como el Agua... fluye y fluye,

y es como el Fuego... arde y arde,

y es como el Aire... vuela y vuela,

y es como la Tierra... crece y crece"

"Expresiones Veladas"
Poemas

"Expresiones Veladas"
Poemas

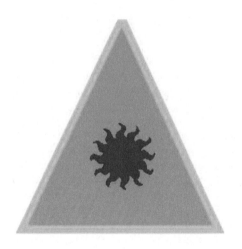

"Expresiones Veladas"
Poemas

SOBRE LA AUTORA

RiTa o nació en la ciudad de Santa Fe, Argentina, un 10 de agosto de 1978, tiempo en que las constelaciones marcaban el signo de Leo.

Gracias su peculiar descendencia de aborígenes mapuches, lleva en sus venas la sangre del ocultismo chamánico, así como otra raíz genealógica la nutre con su piel exótica de color árabe sirio libanés, que la ha caracterizado desde el momento 0, y sin olvidar su peculiar personalidad con rasgos italianos y judío franceses que la envuelven en una mezcla bastante enigmática hasta para quienes la conocen personalmente.

Desde pequeña fue ligada a las vicisitudes de su propio destino, pero su espíritu influenciado por el astro Rey la llevó a admirar la ciencia de la vida y las bellas artes como expresiones divinas plasmadas mediante el ser humano.

Su naturaleza artística la impulsó a orientarse en el mundo de la fotografía, hasta que por el año 2000 se deslumbró por el conocimiento de la antropología esotérica, en los aspectos de la filosofía, psicología, ciencia y misticismo, impulsándola a escrudiñar en las profundas causas de las consecuencias humanas, motivo por el cual, se especializó en el área de la salud y terapias holísticas, desarrollando así, su oculto espíritu alentador hacia la humanidad, muchas veces sin poder alcanzar a conocer las causas de su propio dolor.

Su pronunciado interés sobre las terapias vibracionales,

la condujo a investigar y perfeccionarse, en este caso, en la física cuántica, ciencia que la ha motivado a potencializar sus más sutiles sentidos.

Por otro lado, su espíritu amante de la danza, impulsado por sus orígenes árabes, la ha llevado a fluir con su cuerpo a través de la música.

Actualmente, su pasión desenfrenada por la escritura, la mantiene orientada en plasmar obras de Poesía, en versos, poemas, reflexiones y prosas poéticas, algunas con románticas inspiraciones épicas y otras con místicos poemas existenciales, así como también reflexivas motivaciones poéticas, sin olvidar el gran sentido del humor del placer de sus ironías, incorporando, además, frases y escritos icónicos con imágenes fotográficas propias y de su misma autoría, como también su autobiografía en poemas, dando forma a La Danza de sus Letras en sus extravagantes poesías.

A la fecha, algunas obras se encuentran en plena producción, editándose o en proceso de publicación.

"Expresiones Veladas"
Poemas

"Expresiones Veladas"
Poemas

SÍNTESIS

"Expresiones Veladas" es mi primer libro de Poemas, el cual surgió como consecuencia del encuentro y la comunión con una persona en la que compartimos nuestra vida marital en una vida pasada. Para ser más específica, en el reinado Egipcio de la Dinastía XIX.

Es un disfrute de esperanza, mientras contemplo con fe la llegada de la felicidad, que prontamente se avecina al nuestro reencuentro, aunque al final del camino se apertura un nuevo abanico de posibilidades que modifica nuestros destinos, porque la vida nos permite seguir despertando de vanos recuerdos adormecidos, para nunca olvidar de comenzar nuevos ciclos.

En este libro de 100 poemas, intento transmitir que al tocar fondo siempre se resurge victoriosamente, porque cada semilla sabe cómo llegar a ser árbol, excepto que la actitud y las ganas de nacer y fluir dependen exclusivamente de cada Ser Humano.

RiTa o

"Expresiones Veladas"
Poemas

"Expresiones Veladas"
Poemas

ÍNDICE

"Expresiones Veladas"
Poemas

"Expresiones Veladas"
Poemas

"Expresiones Veladas"
Poemas

"Expresiones Veladas"
Poemas

"Expresiones Veladas"
Poemas

"Expresiones Veladas"
Poemas

Printed in Great Britain
by Amazon

40233197R00076